繪本0172

給你咬一口

圖文｜黃郁欽、陶樂蒂
責任編輯｜黃雅妮
特約美術編輯｜林晴子

天下雜誌群創辦人｜殷允芃
董事長兼執行長｜何琦瑜
媒體暨產品事業群
總經理｜游玉雪
副總經理｜林彥傑
總編輯｜林欣靜
行銷總監｜林育菁
資深主編｜蔡忠琦
版權主任｜何晨瑋、黃微真

出版者｜親子天下股份有限公司
地址｜台北市104建國北路一段96號4樓　電話｜（02）2509-2800　傳真｜（02）2509-2462
網址｜www.parenting.com.tw
讀者服務專線｜（02）2662-0332　週一～週五：09:00~17:30
讀者服務傳真｜（02）2662-6048
客服信箱｜parenting@cw.com.tw
法律顧問｜台英國際商務法律事務所‧羅明通律師
製版印刷｜中原造像股份有限公司
總經銷｜大和圖書有限公司 電話｜（02）8990-2588

出版日期｜2016年6月第一版第一次印行
　　　　　2023年8月第一版第六次印行
定價｜280元　書號｜BKKP0172P　　ISBN｜978-986-9319-256（精裝）
訂購服務
親子天下Shopping｜shopping.parenting.com.tw
海外‧大量訂購｜parenting@cw.com.tw
書香花園｜台北市建國北路二段6巷11號　電話（02）2506-1635
劃撥帳號｜50033356 親子天下股份有限公司

立即購買 >

給你咬一口

圖文 黃郁欽、陶樂蒂

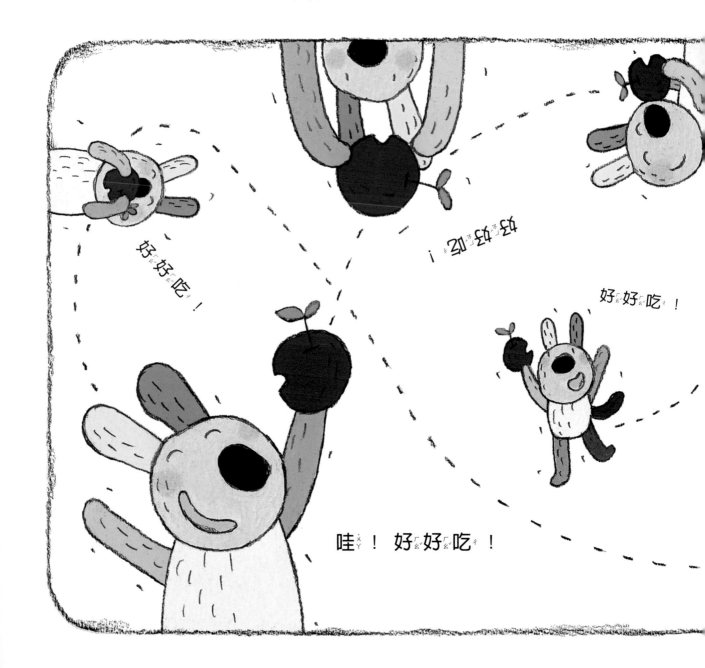

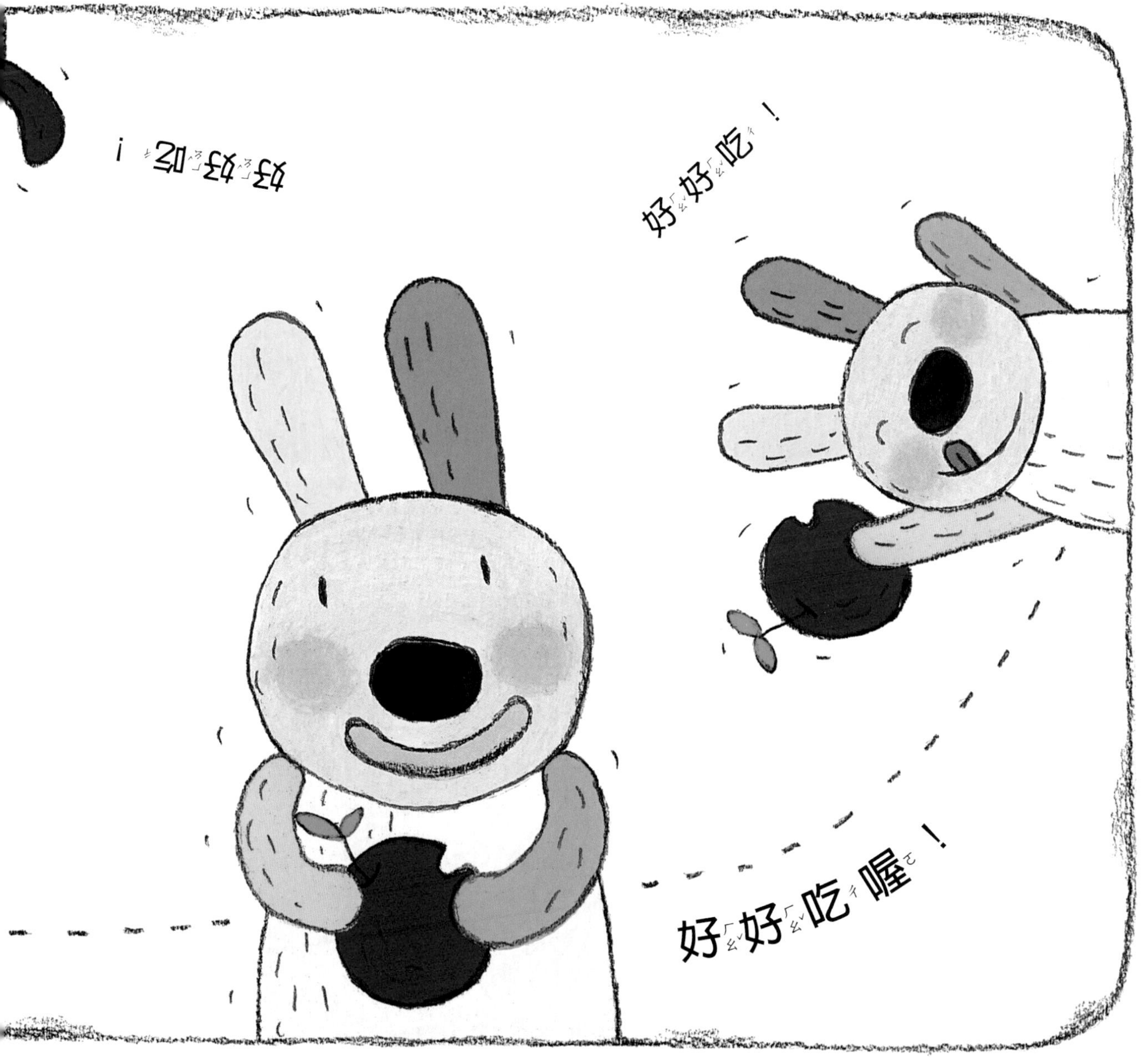
好好吃！
好好吃！
好好吃喔！

真的好好吃！

給你咬一口。

不ㄅㄨˊ用ㄩㄥˋ！

可是，
真的好好吃。

給ㄍㄟˇ你ㄋㄧˇ咬ㄧㄠˇ一ㄧ口ㄎㄡˇ。

為\u3105什\u3105麼\u3105要\u3105給\u3105我\u3105咬\u3105一\u3105口\u3105?

你\u3105想\u3105做\u3105什\u3105麼\u3105?

真的真的好好吃。

給_{ㄍㄟ}你_{ㄋㄧ}咬_{ㄧㄠ}一_ㄧ口_{ㄎㄡ}。

我才不要！

給你咬一口。

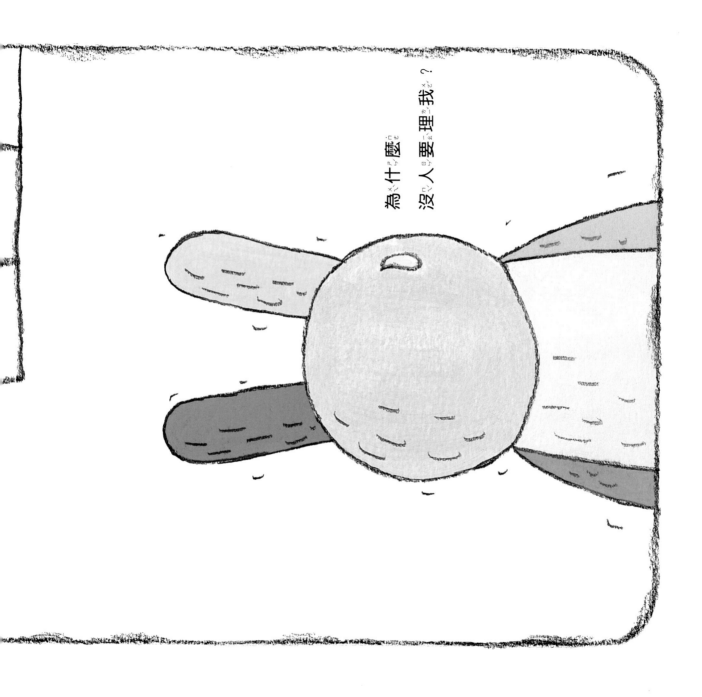

為什麼
沒人要理我？

為ㄟˊ什ㄕㄣˊ麼ㄇㄜ˙？ 為ㄟˊ什ㄕㄣˊ麼ㄇㄜ˙？
真ㄓㄣ的ㄉㄜ˙很ㄏㄣˇ好ㄏㄠˇ吃ㄔ。

給ㄍㄟˇ你ㄋㄧˇ咬ㄧㄠˇ一ㄧ口ㄎㄡˇ。

不可以亂吃別人的東西。

跑到哪裡去了？

我們來幫你找。

找到了！

謝謝！
大家一定口渴了。

給你咬一口。

【作者介紹】

黃郁欽

學的是電影，1986 年開始擔任電視編劇迄今。喜歡天馬行空的幻想、自由自在的畫圖，1988 年開始創作繪本，1996 年與同好成立繪本創作團體「圖畫書俱樂部」，並擔任隊長。2015 年催生台灣第一本《大野狼繪本誌》。曾獲得國語日報社牧笛獎首獎、陳國政兒童文學獎優選和信誼幼兒文學獎佳作，並於 2016 年入選義大利波隆那插畫獎。

已出版的繪本有《好東西》、《躲好了沒？》、《給我咬一口》、《我不要跟你玩了！》、《不對、不對》、《這是誰的？》、《烏魯木齊先生的 1000 隻小小羊》等，目前持續繪本的創作。

陶樂蒂

法律學碩士，喜歡畫圖才投入創作，加入成為「圖畫書俱樂部」的一員，開始繪本創作的生涯。曾獲得第九屆陳國政兒童文學獎圖畫書類首獎及第十四屆信誼幼兒文學獎佳作獎，創作風格明亮、溫柔，喜歡使用大塊面繽紛的色彩。

已出版的繪本有《花狗》、《給我咬一口》、《睡覺囉！》、《我沒有哭》、《媽媽打勾勾》、《誕生樹》。目前定居台北，持續從事繪本創作、插畫與寫作。

【作者的話】

創作完《給我咬一口》，總覺得繪本中的主角阿嚕，似乎還可以說些什麼。畢竟
臺灣人口中的人情義理，可是包山包海，比起物質上的分享，尤其更在意情感上
的交流。

不過人跟人之間情感的分享可沒有那麼簡單，是需要信任跟認同的。尤其在現代
社會中，對人太好，說不定會被當作別有目的。故事裡面的阿嚕，真誠的要跟大
家分享單純的喜悅，卻遭到了漠視、質疑和拒絕。一直到他們有機會可以做同一
件事，認識彼此。

所以如果有一天，我們願意去傾聽別人，或是幫助別人，或許就有機會可以嘗到
甜美的果實。